# Analyse de l'œuvre

Par Rebecca Sutherland

# Rebecca

## Daphne du Maurier

lePetitLittéraire.fr

# Analyse de l'œuvre

Par Rebecca Sutherland

# Rebecca

Daphne du Maurier

# Rendez-vous sur lepetitlitteraire.fr et découvrez :

Plus de 1200 analyses
Claires et synthétiques
Téléchargeables en 30 secondes
À imprimer chez soi

**DAPHNE DU MAURIER** — 5

Auteur et dramaturge anglais — 5

***REBECCA*** — 7

Le récit d'une jeune mariée hantée
par le souvenir de la première épouse de son mari. — 7

**RÉSUMÉ** — 9

Retour en arrière : avant Manderley — 9

La nouvelle mariée vient à Manderley — 10

Le bal Manderley — 11

La découverte — 12

**ÉTUDE DE CARACTÈRE** — 15

Rebecca — 15

Narrateur — 16

Maxim de Winter — 17

Mme Danvers — 18

**ANALYSE** — 20

L'influence de la littérature gothique — 20

Le passé — 21

Motifs : Fleurs et pièces de théâtre — 23

**POURSUITE DE LA RÉFLEXION** — 26

Quelques questions à méditer... — 26

**AUTRES LECTURES** — 27

Édition de référence — 27

Études de référence — 27

Adaptations — 27

# DAPHNE DU MAURIER

## AUTEUR ET DRAMATURGE ANGLAIS

- **Né à Londres en 1907.**
- **Décédé en Cornouailles en 1989.**
- **Travaux notables:**
  - *Jamaica Inn* (1936), roman
  - *Ma cousine Rachel* (1951), roman
  - *Les Oiseaux* (1952), nouvelle

Né dans une famille privilégiée mais moins conventionnelle, fille de l'acteur-manager Sir Gerald (1873-1934), du Maurier a passé la majorité de sa jeunesse à Londres, sous la tutelle de gouvernantes et entourée d'artistes. Elle voulait imiter son grand-père, un auteur à succès et elle a publié son premier recueil de nouvelles en 1929. Son premier roman, *The Loving Spirit,* a été publié en 1931 et a été acclamé par la critique. Ses deux romans suivants ne sont pas aussi bien accueillis et elle ne retrouve le succès qu'en travaillant avec l'éditeur Victor Gollancz (1893-1967), avec lequel elle publie une biographie de son père (1934), suivie de *Jamaica Inn* et *Rebecca*. Ses œuvres les plus connues sont réputées par leur concentration sur l'intrigue et l'atmosphère. En 1945, du Maurier déménage en Cornouailles avec ses enfants pendant que son mari est en guerre, après l'avoir accompagné en tournée pendant plusieurs années. Elle vit à Menabilly, un endroit qu'elle obsède. En 1952 et 1959, elle produit des recueils de nouvelles qui témoignent de ses troubles personnels : elle est mécontente de la réception de ses œuvres, son mariage est en difficulté et elle croit que son don d'imagination la quitte. Du Maurier était fascinée par les travaux de Carl Jung (psychanalyste suisse, 1875-1961) et pensait qu'elle avait un autre moi refoulé, plus sombre, plus violent et plus masculin que celui qu'elle présentait au monde en dehors de ses écrits. Elle est décédée d'une insuffisance cardiaque en 1989, laissant derrière elle un héritage durable en tant que personne qui a fait de grands progrès dans la reconnaissance des écrivains féminins et cinématographiques.

# REBECCA

## LE RÉCIT D'UNE JEUNE MARIÉE HANTÉE PAR LE SOUVENIR DE LA PREMIÈRE ÉPOUSE DE SON MARI.

- **Genre:** Roman
- **Édition de référence :** du Maurier, D. (2003) *Rebecca*. ROYAUME-UNI : Virago Press.
- **Première edition:** 1938
- **Thèmes :** secrets, conventions, mariage, crime, mort, attentes sociales, jalousie.

*Rebecca* est le cinquième roman de Daphne du Maurier, qui suit de près la publication de *Jamaica Inn* (1936), son livre le plus populaire à l'époque. Elle a écrit la majeure partie du roman alors qu'elle se trouvait avec son mari en Égypte, où il était stationné en tant qu'officier militaire, qu'elle avait le mal du pays et qu'elle était enceinte de sa deuxième fille. Du Maurier ne pensait pas que le livre aurait un succès particulier, car certains de ces précédents romans avaient été critiqués pour avoir inclus l'inceste père fille et elle craignait que son dernier ouvrage soit considéré comme trop sombre. Pourtant, à sa grande surprise, l'ouvrage a connu des ventes sans précédent, avec 28 tirages au cours de ses quatre premières années de publication au Royaume-Uni et un million d'exemplaires vendus en 1997. Le roman est passé du statut de best-seller à celui de classique culte, aidé par la sortie du film d'Hitchcock en 1940, et le roman est aujourd'hui considéré comme une œuvre clé de la fiction du 20<sup>th</sup> siècle : il n'a jamais été épuisé au Royaume-Uni depuis sa sortie il y a plus de 80 ans.

# RÉSUMÉ

## RETOUR EN ARRIÈRE : AVANT MANDERLEY

Le roman s'ouvre sur une narratrice anonyme qui rêve de son retour à Manderley, une demeure seigneuriale tombée en ruine. Elle se réveille dans une chambre d'hôtel à l'étranger et se rend compte que Manderley n'est vraiment « plus » (p. 4), et décrit la vie tranquille et sans intérêt qu'elle y mène.

Elle se souvient avoir rencontré Maxim de Winter, un veuf, dans un hôtel de Monte-Carlo où elle logeait avec Mme Van Hopper, une femme qui la payait pour être sa compagne. Lorsque Mme Van Hopper tombe malade, elle est libre de passer ses journées avec de Winter, avec qui elle partage une connexion immédiate, mais elle n'est pas certaine du rôle que Manderley et l'ancienne femme de Maxim, Rebecca, dont on lui dit qu'elle s'est récemment noyée, jouent dans son passé. Maxim est évidemment hanté, prétendant avoir envie d'oublier « chaque phase » (p. 42) de son ancienne vie. Lorsque Mme Van Hopper décide de partir à New York et d'emmener son compagnon avec elle, elle cherche Maxim. Il lui dit qu'elle peut choisir de rester avec lui si elle le souhaite, en tant qu'épouse. Elle accepte, mais Mme Van Hopper la prévient que Maxim ne l'aime pas ; il est tout simplement insupportablement seul à Manderley.

## LA NOUVELLE MARIÉE VIENT À MANDERLEY

Le couple se rend à Manderley, après avoir passé leur lune de miel en Europe. Le personnel de la maison est réuni pour les accueillir, sous la surveillance de l'effrayante gouvernante Mrs Danvers. La nouvelle mariée a du mal à s'habituer à ce mode de vie inconnu, sentant que les rituels et les objets de la maison n'appartiennent pas à elle, mais à Rebecca. Béatrice, la sœur de Maxim, lui confie lorsqu'elle la rencontre : « tu es tellement différente de Rebecca » (p. 118). Après la visite, elle et Maxim se promènent dans le parc et elle découvre un petit cottage au bord de la crique et un homme du coin, qui semble avoir un handicap mental, qui s'enquiert d'une autre femme qui venait autrefois au cottage. Maxim est furieux de voir sa nouvelle femme entrer dans la crique et refuser de la suivre.

La nouvelle Mme de Winter ressent la pression croissante de la présence de Rebecca, retrouvant des objets qu'elle a laissés dans la maison et entendant les louanges des voisins auxquels elle doit rendre visite. Au retour d'une de ces visites, elle pose à Frank Crawley, l'agent de Maxim, un torrent de questions sur Rebecca, apprenant que son corps a été retrouvé deux mois après sa mort et identifié par Maxim. Elle avoue son sentiment d'infériorité, mais Frank lui assure qu'elle a des qualités tout aussi précieuses que celles que possédait Rebecca, même si cette dernière était incroyablement belle. Elle se dispute avec Maxim lorsqu'elle casse un ornement et le cache, elle est convaincue qu'il la compare à Rebecca.

Un jour, alors que Maxim est absent, elle retourne à la crique et l'homme du coin, Ben, lui révèle qu'une femme l'a cruellement menacé de l'asile pour l'avoir surveillée. De retour à la maison, Mme Danvers a un visiteur secret : Jack Favell, le cousin de Rebecca. La nouvelle Mme de Winter monte dans la chambre où ils se trouvaient et constate que Mme Danvers avait disposé toutes les affaires de Rebecca dans la pièce comme si elle était encore vivante. Mme Danvers elle-même apparaît alors, l'invitant à toucher les affaires de Rebecca et l'effrayant en lui demandant si elle pense que Rebecca les regarde maintenant.

Elle est distraite de son horreur lorsque Béatrice, la sœur de Maxim, lui rend visite pour rencontrer leur grand-mère, ce qui se termine par l'agitation de la vieille dame qui exige de savoir où est passée sa Rebecca bien-aimée.

## LE BAL MANDERLEY

Les visiteurs persuadent les jeunes mariés d'organiser un bal costumé à Manderley, comme c'était la coutume avant la mort de Rebecca. La nouvelle Mme de Winter, déterminée à ne plus être considérée comme une enfant, déclare qu'elle choisira un costume qui les surprendra tous. Mme Danvers lui recommande un portrait à partir duquel elle pourra choisir son costume. Lorsque la nuit arrive et que Mme de Winter apparaît dans la tenue, fière et heureuse, Maxim est furieux : elle a porté sans le savoir le costume que Rebecca portait elle-même au dernier bal à Manderley avant sa mort. Elle s'enfuit, Mme Danvers la regardant comme une « diable exaltante » (p. 240). La nuit s'écoule dans l'agonie pour Maxim et sa nouvelle épouse.

Quand elle se réveille le lendemain matin, Maxim n'est pas venu se coucher et elle doit se rendre à l'évidence : son mariage est en train d'échouer. Lorsqu'elle remarque que Mme Danvers l'observe par la fenêtre, elle décide de la confronter. Mme Danvers a pleuré et lui raconte la vie cruelle et égoïste que Rebecca mène depuis son enfance : elle se battait et fouettait ses chevaux jusqu'au sang. Mme Danvers, dit à la nouvelle Mme de Winter que c'est elle qui est « le fantôme » (p. 275) et qu'elle devrait se jeter par la fenêtre dans le brouillard puisque personne ne veut d'elle ou ne l'aime. Mme de Winter s'approche de la fenêtre, mais est distraite par le bruit des fusées qui signalent qu'un navire est en détresse.

## LA DÉCOUVERTE

Maxim est allé aider à l'épave et sa nouvelle femme le suit. Plus tard l'après-midi, le capitaine de la marine lui rend visite, à la recherche de Maxim et lui explique que le plongeur a découvert le bateau qui appartenait auparavant à Rebecca, avec un corps dans la cabine.

Après le départ du capitaine de mer, Maxim déclare que leur bonheur est terminé puisqu'il a été découvert. Il avoue avoir tué Rebecca, en lui tirant dessus dans le cottage sur la crique alors qu'elle menaçait de faire de l'enfant d'un autre homme l'héritier de Manderley. Il explique qu'il détestait Rebecca depuis l'époque de leur lune de miel, lorsqu'elle avait conclu un marché avec lui, racontant les choses terribles qu'elle avait faites, mais jurant de jouer le rôle de l'épouse parfaite si on la laissait continuer. C'est Maxim qui a coulé le bateau de Rebecca avec son corps à l'intérieur et maintenant, craignant d'être découvert, il dit à sa nouvelle épouse pour la première fois qu'il l'aime. Mme de Winter, soulagée que Maxim n'ait jamais aimé Rebecca, lui reste dévouée malgré son crime.

Lors de l'enquête du lendemain (après avoir identifié le corps de Rebecca le matin même), Tabb, le constructeur de bateaux, révèle une nouvelle preuve choquante : il a inspecté le bateau et trouvé les trous qui prouvent qu'il a été coulé intentionnellement. Mme de Winter s'évanouit et est ramenée chez elle. Elle craint que Maxim soit découvert et emmené, mais il finit par rentrer chez lui et déclare que la mort est un suicide. Il sort à nouveau pour l'enterrement de Rebecca.

Jack Favell arrive ivre et insiste pour voir Mme de Winter. Il refuse de croire que Rebecca s'est suicidée puisqu'elle lui a envoyé un mot lui demandant de la rencontrer le soir de sa mort. Favell menace de révéler cette nouvelle preuve si Maxim ne le paie pas. Maxim refuse et fait appel au magistrat. Favell fait sa déposition, affirmant que Rebecca et lui étaient amants et demande à ce que Mme Danvers et Ben, qui est terrifié et prétend ne l'avoir jamais vu, soient appelés à témoigner. Mme Danvers méprise Jack, affirmant que Rebecca ne l'a jamais aimé, mais se moquait de lui comme d'autres amants. Le magistrat, qui se méfie du caractère de Maxim, demande de voir le journal des rendez-vous de Rebecca. Il s'avère qu'elle avait un rendez-vous secret ce jour-là avec Dr Baker et elle a décidé d'aller lui rendre visite le lendemain. Cette nuit-là, Maxim est enfermé avec sa femme et ils sont convaincus qu'ils seront séparés lorsque le docteur révélera le mobile du meurtre : Rebecca était enceinte d'un autre homme.

À Londres, le docteur Baker, affirme avoir vu Rebecca sous un faux nom le jour de sa mort et lui avoir dit qu'elle était en phase terminale : il ne restait que quelques mois avant qu'elle ne doive être lourdement sédatée. Le magistrat se satisfait de ce motif de suicide et conseille à Maxim et à sa nouvelle épouse de prendre des vacances le temps que les rumeurs se tassent. Maxim se sent mal à l'aise lorsqu'il apprend que Mme Danvers a disparu de Manderley et insiste de rentrer en voiture cette nuit-là, tandis qu'à côté de lui, Mme de Winter rêve que Manderley est en ruines. Ils sont troublés par une lueur rouge à l'horizon, qui n'est pas dans la bonne direction pour l'aube, jusqu'à ce que Maxim comprenne que c'est Manderley en flammes. Le roman se termine brusquement.

# ÉTUDE DE CARACTÈRE

## REBECCA

Personnage titulaire et sans doute principal, même si elle est déjà morte au début du roman, Rebecca a un pouvoir que du Maurier reconnaît en donnant son nom au roman et qui continue à captiver et à troubler les lecteurs. Il va sans dire que Rebecca est un personnage difficile à comprendre puisque toutes les informations que nous recevons de son sujet sont filtrées par les perceptions des autres personnages et du narrateur. Notre premier aperçu de Rebecca nous a été donné par Mme Van Hopper, qui dit qu'elle était « très belle [...] brillante à tous égards » (p. 46), une conception reprise par les voisins qui la louent comme « si intelligente [...] si pleine de vie [...] très douée » (p. 139), et finalement confirmée par l'insécurité de la narratrice, qui déplore son manque de « confiance, de grâce, de beauté, d'intelligence, d'esprit » (p. 147) que possédait Rebecca. En apprenant des choses sur Rebecca par ouï-dire, le lecteur est fasciné par elle, tout comme la nouvelle Mme de Winter, intéressée par les détails de sa taille, de sa minceur, de ses cheveux noirs et de sa peau pâle. Même Frank Crawley confirme que Rebecca était la « plus belle créature » (p. 151). L'ironie du personnage de Rebecca réside dans le fait que son plus grand don était « d'être attirante pour les gens » (p. 210), mais que cette attraction était basée sur un simulacre de féminité parfaite en contradiction avec son comportement réel : promiscuité, tromperie, bagarres et cruauté. Ses crimes sont si horribles que Max affirme qu'il ne pourra jamais les répéter. Ben semble avoir percé à jour son déguisement, en disant qu'elle « vous donnait l'impression d'être un serpent » (p. 174). C'est au lecteur de décider dans quelle mesure il condamne Rebecca pour ses actions non-conventionnelles, y compris son histoire d'amour avec un cousin germain, le sentiment de malaise et d'horreur qu'elle suscite n'est égalé que par son magnétisme.

## NARRATEUR

La narratrice anonyme du roman, qui n'est jamais identifiée que par une association malaisée avec le nom de Maxim après leur mariage, est également un personnage difficile à connaître : nos impressions sur elle, sont intrinsèquement biaisées, car tout ce que nous apprenons sur son caractère est déformé par son sentiment d'identité. Le caractère de la narratrice détermine le style du roman : comme le souligne Sally Beauman dans la postface du roman (voir l'édition de référence), le début entêtant est celui d'une écolière désireuse d'impressionner et n'est pas la voix propre de du Maurier. La narratrice tente continuellement de nous convaincre de son infériorité en décrivant ses vêtements comme peu attrayants, en relayant les critiques sur son apparence et en détaillant les incidents où elle frappe ou fait tomber maladroitement des objets : tout cela fait partie d'un plan dans lequel elle se concentre de manière obsessionnelle sur son infériorité par rapport à Rebecca. Pourtant, Frank Crawley insiste sur le fait que sa « gentillesse, sa sincérité et [...] sa modestie » (p. 148) la montrent sous un jour positif en comparaison. L'une des principales caractéristiques de la narratrice est sa jeunesse, et elle est continuellement frustrée par le fait que Maxim la traite comme une enfant ou un animal de compagnie, même si elle adopte des comportements enfantins comme le fait de cacher des fruits et des biscuits pour les manger dans les bois, s'enfuir avec le chien lorsqu'elle est frustrée. Tout change lorsque Maxim a avoué le meurtre et l'a prétendument forcée à perdre son apparence juvénile. On peut dire que la narratrice triomphe enfin de Rebecca seulement en devenant plus semblable à elle, en réprimandant une servante et en proclamant « Je suis Mme de Winter maintenant » (p. 326), ce qui complique encore la question de savoir si Rebecca est censée être admirée ou détestée.

## MAXIM DE WINTER

La présence de Maxim dans le roman est éclipsée par celle de ses deux femmes, malgré le fait qu'il détient toujours le pouvoir ultime que la société lui a donné sur elles. Le narrateur imagine d'abord Maxim comme une sorte d'anti-héros gothique au visage « médiéval » (p. 15) et aux manières revêches, décrit par Mme Van Hopper comme « séduisant [...] au tempérament bizarre [...] difficile à connaître » (p. 46). Pourtant, Maxim est loin d'être le plus énigmatique des personnages de *Rebecca*. Même s'il a commis un crime passionnel, ou peut-être à cause de cela, il semble avoir envie d'une domesticité tranquille, ne désirant qu'à penser au cricket et à d'autres sujets aussi futiles. L'observation du narrateur selon laquelle il la traite plutôt comme son chien Jasper est vraie et leur amour ne devient passionnel qu'au moment de la crise. La noirceur de Maxim s'explique par le meurtre et ce dernier s'explique par les actes et les menaces de Rebecca. Bien que nous soyons finalement amenés avec le narrateur, à espérer que Maxim trouve un moyen de s'en sortir de ses problèmes, la question est de savoir s'il peut être pardonné pour ses crimes – tuer Rebecca, et croit-il, son enfant à naître, et rendre sa nouvelle femme complice du meurtre – reste incertaine.

## MME DANVERS

La présence de Mme Danvers est d'emblée troublante. Elle est décrite comme ayant un « visage de crâne » (p. 74) et des mains « d'un froid mortel » (*ibid.*), comme si elle était l'incarnation vivante de la mort de Rebecca ; en fait, c'est une description assez juste du rôle qu'elle joue dans le roman, en révélant des informations clés sur Rebecca et en essayant de maintenir son héritage en vie. Les changements d'humeur de Mme Danvers sont effrayants : elle est « triomphante, jubilatoire, excitée » (p. 187) lorsqu'elle découvre Mme de Winter dans l'ancienne chambre de Rebecca, soudainement « intime et désagréable » (p. 194). Elle perpétue l'héritage de Rebecca en jouant des tours cruels lorsqu'elle recommande à la nouvelle Mrs de Winter le même costume que celui que portait Rebecca à son dernier bal. Par deux fois, Mme Danvers pleure ouvertement dans le roman, mais au lieu de susciter la sympathie, son chagrin rend son entourage craintif et mal à l'aise. Sa présence ne semble pas naturelle, peut-être parce qu'elle est sous-entendue que son affection pour Rebecca est plus qu'un amour maternel, du Maurier créant ainsi un autre personnage féminin troublant et moralement ambivalent.

# ANALYSE

## L'INFLUENCE DE LA LITTÉRATURE GOTHIQUE

Lors de sa sortie, les critiques et le matériel de marketing de *Rebecca* indiquaient clairement qu'elle était vendue sous diverses rubriques, notamment celle de la romance gothique.

Les principales caractéristiques de la littérature gothique sont les suivantes :

- Des endroits éloignés et mystérieux,
- Des événements, des êtres et des pouvoirs surnaturels,
- Une concentration intense sur des émotions fortes,
- Des éléments de tabou et de secret, y compris la folie et l'inceste.

Comme nous l'avons mentionné dans l'analyse de Maxim de Winter, il apparaît d'abord comme un héros gothique typique et Manderley semble également être un décor gothique typique : il apparaît en ruines dans un rêve et possède une mystérieuse aile ouest. Plus tard dans le roman, il apparaît clairement que les caractéristiques gothiques du décor et du héros sont le résultat d'une transformation catalysée par leurs interactions avec Rebecca. C'est grâce à Rebecca que Manderley devient mystérieux et hanté, il devient le siège de l'expérience d'émotions intenses. La présence de Rebecca et sa relation incestueuse avec son cousin germain engendrent également des secrets et des tabous. La maison a claire-ment une autre vie en dehors de Rebecca, avec ses jardins de roses et la « paix » (p. 401) que le narrateur affirme ne pas pouvoir détruire, quelques chapitres seulement avant que la maison ne connaisse pas une fin typiquement gothique, en prenant feu.

Cependant, le roman s'inspire également de tropes du roman policier, comme le hareng rouge crucial qui amène les personnages et le lecteur, à croire que le docteur Baker confirmera la grossesse de Rebecca. Du Maurier est conscient que toute atmosphère ou émotion est une « qualité de pensée, un état d'esprit » (p. 6), et explore activement l'interaction entre la construction intention-nelle ou non du genre et l'état d'esprit psychologique d'une personne.

Si le genre peut nous aider à comprendre le roman de Du Maurier, il a également conduit à ce que la valeur litté-raire du roman soit fréquemment rejetée dans les années qui ont immédiatement suivi sa publication. Il convient de garder à l'esprit que Du Maurier utilise des éléments génériques et techniques en connaissance de cause : elle connaissait bien les travaux de Sigmund Freud (psycha-nalyste autrichien, 1856-1939), ce qui suggère que ses séquences de rêve ont une certaine profondeur et elle utilise un narrateur anonyme par intérêt technique.

## LE PASSÉ

L'un des principaux thèmes du roman concerne l'influence du passé.

Dès les premières descriptions de Manderley, on ressent une présence féminine fantomatique, avec le bruissement des feuilles comme le bruit d'une «femme en robe du soir» (p. 9). À travers Rebecca, du Maurier explore l'influence du passé sur le présent et des morts sur les vivants. Cela inclut la croyance des vivants qu'ils sont hantés par le passé, par exemple lorsque Mme Danvers demande fébrilement «pensez-vous que [Rebecca] puisse nous voir, nous parler maintenant ?». (P. 194). La menace dans le roman est que le passé refuse de rester enterré, incarné par le petit bateau au nom prophétique *Je* Reviens. Le tic-tac d'une horloge rappelle à la nouvelle Mme de Winter que «[Rebecca] était morte» (p. 63), mais cette simple affirmation ne peut expliquer «combien son écriture est vivante» (p. 63) ou comment «les domestiques obéissent encore à ses ordres» (p. 261) : la mort est tout sauf une fin fermée dans l'œuvre de du Maurier. Mme Danvers va même jusqu'à dire à la nouvelle Mme de Winter que «c'est vous l'ombre et le fantôme» (p. 275) lorsqu'elle l'incite à s'enlever la vie, ce qui rend encore plus confuse la frontière entre les vivants et les morts. L'influence continue de Rebecca signifie qu'il n'est pas certain que le lecteur soit d'accord avec l'affirmation du narrateur selon laquelle «il me semblait que Rebecca n'avait plus de réalité» (p. 360) après la découverte de son corps.

Maxim est attiré par notre jeune narrateur comme un remède à ce qui s'est passé auparavant, affirmant «vous avez effacé le passé pour moi» (p. 42). Le narrateur est d'abord obsédé par le passage des moments qui deviennent «déjà un souvenir» (p. 39), et conscient des changements à venir : «Certains d'entre nous s'en iraient, ou souffriraient, ou mourraient » (p. 115). L'avenir lui-même, comme la présence obsédante de Rebecca, est « invisible » (*ibid.*). La plus grande terreur à laquelle sont confrontés les personnages, c'est l'inconnu. Une fois que les secrets sont révélés et que le corps est retrouvé, il y a un sentiment de soulagement avant même l'acquittement de Maxim, ce qui explique peut-être le sentiment de l'irréalité de la nouvelle Mme de Winter face au Rebecca (même si elle commence à agir de plus en plus comme elle dans la maison).

## MOTIFS : FLEURS ET PIÈCES DE THÉÂTRE

Du Maurier utilise une série de motifs poétiques et d'allusions pour établir des liens métaphoriques dans toute son œuvre, peut-être en raison de son intérêt pour le subconscient.

Les rhododendrons « vivement vivants » (p. 94), « rouge sang » (p. 71) et « meurtriers » (*ibid.*), que Rebecca avait disposés dans toutes ses pièces, la représentent immédiatement, elle, sa violence et finalement le crime commis contre elle. Puisque du Maurier s'appuie sur un récit encadré par le passé, cette utilisation du langage est logique : le narrateur sait déjà tout de Rebecca et des crimes qui l'entourent. Alors que le narrateur commence à se sentir plus maître de la situation, les fleurs commencent à avoir l'air « exagérées, un peu fanées » (p. 150), seulement une « brève beauté » (*ibid.*) qui est remplaçable. Finalement, alors que Maxim est interrogé lors de l'enquête, la narratrice remarque que de nouveaux hortensias ont fleuri avec « quelque chose de solennel, de funèbre » (p. 353) et qui regardent son retour « comme des spectateurs » (*ibid.*) Du Maurier montre clairement que c'est l'état d'esprit de sa narratrice qui inspire ce motif. Finalement, alors que la narratrice observe la nature depuis sa fenêtre le matin précédant la visite cruciale chez le Dr Baker, elle prend conscience que les « choses du jardin ne se souciaient pas de nos ennuis » (p. 400). La narratrice a fini par comprendre que ce n'est pas le monde naturel lui-même qui agit envers elle, mais son propre esprit.

Du Maurier était également auteur de pièces de théâtre et *Rebecca sera* finalement adapté dans sa première œuvre pour la scène. Le roman est rempli d'allusions au théâtre, la narratrice s'imaginant que Maxim et elle se disputent « comme deux personnages dans une pièce » (p. 165), tous deux jouant des rôles qui leur ont été attribués. La nouvelle Mme de Winter vient même à imiter Rebecca à la table du dîner, s'imaginant qu'elle joue son rôle dans sa tête et Maxim commente qu'elle a l'air complètement différente lorsqu'elle le fait (p. 224). Le lecteur se demande quelle est la véritable différence entre les deux femmes : ont-elles choisi ou ont-elles été forcées de jouer des rôles différents ? Les invités du bal deviennent, dans l'esprit de la narratrice, « comme des marionnettes [...] qui portaient un sourire vissé sur leur visage » (p. 252), ce qui suggère peut-être qu'elle considère les conventions comme intrinsèquement artificielles. Une fois encore, du Maurier a une conscience aiguë du pouvoir de transformer l'imagination, qui conduit la jeune mariée à son ultime réalisation : « J'avais construit de fausses images dans mon esprit et je m'étais assise devant elles» (p. 309). Pourtant, pour le lecteur, la question de savoir si le narrateur ne fait finalement qu'échanger une série d'illusions contre une autre reste entière.

# POURSUITE DE LA RÉFLEXION

## QUELQUES QUESTIONS À MÉDITER...

- Pensez-vous que du Maurier a finalement l'intention de nous faire condamner Rebecca ? Pourquoi, ou pourquoi pas?
- Comment la révélation de la maladie mortelle de Rebecca affecte-t-elle votre lecture de l'œuvre ?
- Comment l'œuvre de du Maurier se compare-t-elle à *Jane Eyre* (1847) de Charlotte Brontë (écrivain anglais, 1816-1855) ?
- Dans la version cinématographique d'Alfred Hitchcock, Rebecca glisse et meurt, au lieu d'être assassinée. Pourquoi pensez-vous que ce changement a été fait?
- Étant donné que du Maurier admirait beaucoup les travaux de Carl Jung, pouvez-vous établir un lien entre le concept d'un moi intérieur caché – plus violent et secret – et les événements du roman ?
- Comment le suspense est-il créé dans le roman ? Comment cela se rapporte-t-il au thème des secrets et des mystères ?
- Comment du Maurier nous encourage-t-il à nous aligner sur les opinions de son narrateur ?
- Comment le traitement du personnage de Ben est-il influencé par l'époque à laquelle le roman a été écrit ?
- Identifiez deux moments où des éléments de l'intrigue suggèrent que du Maurier souhaite que nous établissions un parallèle entre eux.

# AUTRES LECTURES

## ÉDITION DE RÉFÉRENCE

- du Maurier, D. (2003) *Rebecca*. ROYAUME-UNI : Virago Press.

## ÉTUDES DE RÉFÉRENCE

- (2004) du Maurier, Daphne. *Dictionnaire de biographie nationale d'Oxford*. [En ligne]. [Consulté le 23 octobre 2018]. Disponible sur : <https://doi.org/10.1093/ref:odnb/39829>

- Frederico, A, ed. (2011) *The Madwoman in the Attic after Thirty Years*. États-Unis: Université du Missouri.

## ADAPTATIONS

- *Rebecca*. (1939) [Adaptation scénique]. Daphne du Maurier. Écrivain. Royaume-Uni : Queen's Theatre, Londres.

- *Rebecca*. (1940) [Film]. Alfred Hitchcock. Dir. Royaume-Uni: Fremantle.

- *Rebecca*. (1979) [Mini-série télévisée]. Simon Langton. Réalisateur. Royaume-Uni: BBC.

- *Rebecca*. (1997) [Mini-série télévisée]. Jim O'Brien. Réalisateur. Royaume-Uni : ITV Studios Home Entertainment.

# lePetitLittéraire.fr

- des analyses de livres
- des fiches de lectures
- des commentaires littéraires
- des questionnaires de lecture
- des résumés

**Retrouvez
notre offre complète sur
lePetitLittéraire.fr**

www.lepetitlitteraire.fr

ISBN version numérique : 9782808684149
ISBN version papier : 9782808684941
Dépôt légal : D/2023/12603/994

Conception numérique : Primento,
le partenaire numérique des éditeurs.